Les enfants, ce monde est à vous.
S'il ne vous plaît pas, alors n'ayez pas peur :
réinventez-le !
Il n'est jamais trop tôt et vous ne serez jamais
trop petits pour accomplir de grandes choses !

Mr Tan

mortelle ADÈLE

Les bêtises, c'est maintenant !

Texte : Mr Tan
Dessins et couleurs : Diane Le Feyer
d'après les illustrations et l'univers graphique de Miss Prickly
Créateur de l'univers original de Mortelle Adèle : Antoine Dole
Dépôt légal : mars 2021
Conforme à la loi n°49.956 du 16 juillet 1949
sur les publications à la jeunesse.

ISBN : 979-1-0363-2674-5
Imprimé en Italie

www.mortelleadele.com

Mr Tan
Diane Le Feyer

mortelle ADÈLE

Les bêtises, c'est maintenant !

bayard jeunesse

PAPA et MAMAN

Leurs hobbies ?
Me faire ranger ma chambre,
me faire manger des légumes,
me faire faire mes devoirs,
me dire d'aller au lit...
De véritables tortionnaires !
Moi, mon jeu préféré, c'est
de les faire tourner en bourrique.
Je suis sûre qu'ils s'ennuieraient
sans moi !

MAGNUS

Magnus est mon super ami imaginaire.
D'ailleurs il m'a promis que, si un jour
je meurs, il me prendra comme amie imaginaire
à mon tour, pour qu'on soit toujours ensemble.
Il n'a peur de rien, à part des DVD que
m'offre ma grand-mère...

GEOFFROY

S'il y avait un roi des andouilles, ce serait
sûrement Geoffroy. Toujours à me courir
après en voulant me tenir la main
et porter mon cartable. Il dit qu'il est
amoureux de moi et qu'il veut me donner
son cœur. Je ne suis pas contre, mais
dès que je sors mon bistouri
il s'enfuit en courant !

MAÎTRESSE

Ma maîtresse, elle peut flairer les bêtises à des kilomètres ! Mais ce qui me rassure, c'est qu'elle ne se rappelle jamais de rien : la preuve, elle passe son temps à nous poser des questions sur l'histoire ou la géographie ! Elle a tout oublié, ou quoi ?!

JADE et MIRANDA

Si un navet et une courge prenaient forme humaine, ils ressembleraient sûrement à Jade et Miranda. Ces deux pestes passent leur temps à se prendre pour des top models ! Elles ont fondé le club des Pink Malibu et ne font que parler de mode et de chanteurs à mèche. Au secooooours !!!

MÉLISSA

Mélissa fait partie de mon club des Bizarres ! Les Pink Malibu se moquent tout le temps d'elle parce qu'elle est toute petite. Mais c'est n'importe quoi, elle est pas petite Mélissa : en bizarrerie, elle atteint des sommets !

JENNYFER

Vous pensiez que j'étais un peu fofolle, mais il y a pire que moi : Jennyfer ! Elle est persuadée qu'on est les meilleures amies de l'univers et ne me lâche plus d'une semelle... Non mais, elle croit aux miracles, celle-là ?!

Imagine que tu prennes une fourchette, que tu l'enfonces dans ta narine, et que tu commences à touiller au fond de ta boîte crânienne. Non, attends. Imagine plutôt que tu sois obligé de boire dix litres de jus d'épinards jusqu'à la dernière goutte et de manger un horrible gratin de blettes aux brocolis avec une purée de navets et de salsifis.

Non, non, non, mieux : imagine que tu tombes dans un bocal rempli de piranhas affamés qui te grignotent centimètre par centimètre en fredonnant en boucle les chansons de *La Reine des Neiges*. Tu vois l'idée ? Et, bah, ce n'est encore rien à côté de ce que je ressens quand je suis assise là.

Où ça ?

Bah, à l'école, bien sûr !

Est-ce que tu connais un pire endroit ?

Oh, je sais, il y a des enfants qui adorent se faire exploser les tympans par les BIIIP BIIIP du réveil tous les matins. Les mêmes enfants qui s'enthousiasment à l'idée de passer leur journée sur une chaise, à supporter les odeurs de prout de leur voisin et à écouter la maîtresse parler, parler et parler encore. Ceux qui attendent avec impatience leurs haricots verts à l'eau sur le plateau de la cantine et qui ont l'impression, en fin de journée, d'avoir passé la journée à grandir, s'épanouir, et remplir leur cerveau

d'une multitude d'informations primordiales et indispensables. Ils ont même hâte de revenir le lendemain pour recommencer !

Oui, oui, je sais que ces enfants existent !

Ce sont ceux-là aussi qui vont chez le dentiste en sautillant, qui débarrassent chaque fois la table sans qu'on ait à le leur demander, qui font toujours leurs devoirs le premier jour des vacances, qui s'empressent de prendre leur douche tous les soirs pour sentir bon la guimauve et aiment se coucher tôt pour faire de beaux rêves.

Oh, je ne critique pas, hein ! J'avoue : je les envie un peu. Ça doit être génial d'être toujours content de tout. J'imagine comment ça doit simplifier les choses au quotidien d'être optimiste, sage et sans histoires. Genre : « **Oh, super**, du flan de carotte ! C'est bien meilleur que les frites ! », ou : « Oh, trop cool, Mamie m'a offert un pull moche, j'en manquais dans mon placard ! », ou bien : « Oh, chouette, j'ai encore plus de leçons à apprendre, je vais moins m'ennuyer ce soir ! » Et le pire, c'est que personne ne les oblige à être comme ça, c'est naturel, inné, c'est facile pour eux. Dès qu'ils ouvrent la bouche, y a des petits cœurs qui s'en échappent !

Difficile de leur en vouloir, à ces enfants-là, qui voient le bon côté des choses en permanence. J'aimerais bien être comme ça moi aussi, mais je n'y arrive pas, je suis un véritable détecteur pour les trucs casse-pieds. Au moindre problème qui se présente trop près de moi, je suis comme une alarme, je crie, je vocifère, je fais du bazar !

Alors l'école, c'est l'endroit qui active tous mes signaux d'alerte. Impossible de rester calme. Pour commencer, pourquoi on a des pupitres minuscules, hein ? Rien ne tient dessus ! Je dois sans arrêt ranger ceci pour pouvoir sortir cela, c'est quand même pas pratique ! En plus, on nous oblige à porter des cartables qui sont plus lourds que nous, c'est pour nous clouer au sol et nous empêcher de nous enfuir, ou quoi ? Et les autres, on en parle, des autres ? Pourquoi on ne peut pas choisir les gens avec qui on passe des journées entières ? Non, on est obligés de passer plus de sept heures par jour avec des andouilles : celui qui n'arrête pas de renifler, celle qui sent la fraise, celui qui a un rire de mouette, celle qui rigole jamais, celui qui répète tout, celle qui sait tout, celui qui sait rien, celle qui est jamais contente... Ah non, celle-là c'est moi, ça va.

On a le droit de jouer au ballon, mais pas de taper trop fort dans la balle. On a le droit d'aller aux toilettes, mais pas trop souvent. On a le droit de rigoler, mais pas trop longtemps et sans faire de bruit surtout, excusez-nous d'exister ! Le silence, d'ailleurs, c'est un vrai problème, il faut toujours se taire, avouez que c'est un peu cruel, non ? INTERDICTION de bavarder, de chuchoter, de murmurer... Et, comme si tout ça ne suffisait pas, quelqu'un a décidé qu'on doit passer nos journées à apprendre les trucs les plus ennuyeux de l'univers : des tables de multiplication, des règles de conjugaison, ou des dates à n'en plus finir alors qu'en vrai les seules qui comptent c'est Noël et mon anniversaire, et, si on s'en tenait à ça, croyez-moi que j'aurais des bonnes notes !

Bon, je reconnais, il y a quand même des choses utiles. Par exemple, l'école, ça permet d'éviter les parents, c'est déjà ça ! Et puis c'est important d'apprendre des choses, c'est vrai. Moi, quand j'observe Jade, je collecte beaucoup d'informations sur le mode de vie des dindes décérébrées, une espèce que j'espère en voie d'extinction ! Oh, ça va, je rigole !

Mais tout ça c'est rien. C'est compliqué, mais c'est gérable. Non, vraiment, même moi j'arrive à m'en sortir avec les poésies lourdingues qu'on m'oblige à apprendre et les benêts qui veulent jouer à chat perché dans la cour de récréation chaque fois que j'apporte ma catapulte à l'école. Non, le vrai problème, c'est... C'est...

C'est...

Je n'ose même pas le dire.

Non mais, sérieux, j'ai peur qu'elle m'entende, même si je me le dis dans ma tête, en fermant les yeux et en me bouchant les oreilles et les narines pour être sûre qu'aucun mot ne s'échappe de ma boîte crânienne. On dirait qu'elle sait toujours quand on parle dans son dos.

Alors je vais la décrire, ce sera plus sûr.

Elle a sûrement été créée dans des laboratoires top secret, le fruit d'une expérience terrifiante, d'années de recherches extrêmement poussées. C'est pour ça qu'elle a un cerveau surdéveloppé qui contient toutes les connaissances de la planète. Chaque année on la répare, on la met à jour, on télécharge dans son cerveau toutes les nouveautés qu'elle doit savoir. Elle a toutes les options intégrées : elle a une calculette greffée dans son crâne pour toujours avoir une longueur d'avance en calcul mental, un radar infaillible pour détecter les bêtises, une longue-vue à la place des globes oculaires qui lui permet de voir à plusieurs kilomètres, un ordinateur interne pour analyser tous les problèmes et leur trouver une solution illico, un traducteur optimisé pour comprendre absolument tout ce qu'on dit, un amplificateur de bruits dans les oreilles pour entendre le moindre chuchotement, des bras élastiques pour attraper tout ce qui dépasse, qui traîne ou qui la dérange, un filtre dans les narines qui l'immunise contre toutes les odeurs. Même ses doigts sont magiques : quand elle pointe sur toi son index, tu t'immobilises, tu es pétrifié, tu ne sais plus quoi dire. Ses vêtements, j'en parle même pas, ils résistent aux taches, au vomi, à la poudre de craie, une vraie armure ! Elle a des sens surdéveloppés, et des gestes d'une précision surnaturelle : elle peut réussir à t'attraper par l'oreille alors que t'es tout emmêlé avec les autres dans une bagarre. Elle est tout terrain, elle peut escalader des montagnes d'excuses bidons, elle peut surfer sur les soucis, elle peut voler à travers les jérémiades, elle peut slalomer entre les casse-pieds, et en plus elle est ultra résistante aux intempéries de tout genre : hurlements, postillons, chouinements et autres crises d'ordinaire ingérables, tempêtes de mauvaise humeur, rien ne l'effraie ! Elle est même immunisée contre la plupart des microbes, histoire d'assurer sa survie en milieu hostile ! Non, vraiment, c'est une machine à dompter les enfants, un bijou de technologie, la femme à trois milliards de dollars !

Bref, cette personne, c'est... ma maîtresse !

UNBOXING LA MAÎTRESSE
yeux derrière la tête
détecteur de devoirs pas faits
stylo 4 couleurs
ahier de réserve antine
géographie, maths, orthographe, oeuvres complètes
Les poux sont dans l'école
affichettes "les poux sont dans l'école"
brosse à essuyer
cahier rose petit format grands carreaux
ahier vert grand format petits carreaux
Feutres tableau qui marchent
crayon
Tenue pratique pour courir derrière Adèle
MEGA MAÎTRE
livrée avec accessoires!

Brrrr… J'en ai froid dans le dos.

Heureusement, Magnus, mon ami imaginaire, se dévoue pour m'accompagner dans cet enfer chaque jour et me tenir courageusement compagnie. Tiens d'ailleurs, pourquoi il s'agite comme ça devant moi ?

– Dis donc, Adèle, tu ferais mieux d'écouter la leçon du jour plutôt que de rêvasser, tu ne crois pas ?

Quel rabat-joie, celui-là ! Mais il n'a pas tout à fait tort, c'est vrai que je n'écoute pas grand-chose depuis tout à l'heure. Geoffroy envoie une boulette de papier sur mon bureau. J'espère que ce n'est pas une énième lettre d'amour débile où il fait rimer « Adèle » avec « hirondelle » ou « étincelle », ou une qui raconte que l'amour lui donne des ailes. Les seules ailes que je vais lui faire pousser, ça va être pour l'envoyer en vol plané sur Jupiter s'il continue ! Je déplie son mot pour en savoir plus : « Est-ce que tu vas te présenter à l'élection ? Moi, je voterai pour toi ! » Mais de quoi il parle, ce cornichon ? Qu'est-ce que j'ai raté au juste pendant que j'étais perdue dans mes pensées ?

Une drôle d'agitation parcourt la salle de classe. La maîtresse est en train d'accrocher des pancartes sur le grand tableau noir. Elle demande :

– Alors, qui sait comment se déroule une élection ?

Une élection ? Magnus virevolte dans la salle de classe, il est tout excité.

Je l'interpelle discrètement :

– Tu peux me dire ce qu'il se passe ?

– Oh, je t'avais dit d'écouter ! C'est passionnant ! Vous allez élire le délégué de classe !

– Hein ? Mais pour quoi faire ?

– Pour devenir le porte-parole de tout le monde ! Pour aider à la vie de la classe ! Pour donner son avis sur ce qui se passe et améliorer les choses ! Tu dois absolument te présenter à cette élection !

Je rétorque :

– Mais c'est déjà ce que je fais, donner mon avis sur tout et dire ce que je pense en permanence !

– Oui mais, là, les gens t'écouteraient !

Ce serait le rêve ! Je n'en reviens pas :

– Ils seraient obligés ?!

– Non, mais tu porterais leurs voix à eux aussi !

Bande de fainéants, ils peuvent pas la porter tout seuls ?

Magnus est emballé, il dit que c'est l'occasion de me mettre en avant sans que personne s'en plaigne pour une fois. C'est vrai que ça serait pas mal que tous ces nazebroques comprennent qui a les meilleures idées pour passer le temps ici. Si je devenais déléguée de la classe, alors je pourrais décider, faire la loi, imposer mes règles et transformer cette école en usine à bizarres ! Ce serait parfait ! **Bêtises** Obligatoires ! Cours de catapulte pour tout le monde ! Cookies à tous les repas ! Mon imagination débordante et mon incroyable capacité à faire des bêtises vont enfin être appréciées à leur juste valeur ! Ma première mesure est déjà toute trouvée, j'interdirai l'école !

Magnus est en joie, il s'écrie :

– La démocratie, c'est formidable !

– Ah çà, non, j'en ai eu une fois, ça grattait drôlement !

– Mais non, Adèle, la démocratie, ce n'est pas une maladie, c'est un système dans lequel la voix de chacun compte, tout le monde participe à la construction d'une société qui le représente !

– Y a pas de chef, alors ?

– Si, mais il prend des décisions en écoutant les autres, qui votent et qui donnent leur avis !

Oui, bon, il sera toujours temps d'apporter quelques modifications à la démocratie quand je serai au pouvoir.

Je ne suis pas très convaincue :

– Mouais… ou il les embobine et fait tout ce qu'il veut ! Il suffit de gagner, et après, à moi la belle vie !

– Quelque chose me dit que tu n'es pas la seule à avoir des idées pour cette classe, regarde…

La maîtresse demande qui veut être candidat. J'observe rapidement autour de moi. Tout le monde se toise du coin de l'œil au moment où Jade lève la main. Pas vraiment une surprise venant de cette courge tyrannique. Si elle devient déléguée, ce serait sans doute une catastrophe cosmique, la fin des temps. Ce serait **KARMASTROPHIQUE !** Jade est déjà en train de se mettre en avant. Elle fait bouger ses cheveux en expliquant qu'elle a plein d'idées pour que plus personne ne manque de shampoing et qu'on serve du flan aux paillettes en dessert à la cantine. Je ne suis pas surprise de voir une mouche aller s'écraser contre un mur en l'écoutant parler.

Jade n'arrête plus de se vanter d'être parfaite pour ce rôle, et quand elle parle ça ressemble au bourdonnement d'un moustique : c'est tellement insupportable que c'en est presque douloureux. Un truc à devenir dingue ! Et, comme son crâne est vide, je vous laisse imaginer comme ça résonne encore plus dès qu'elle ouvre la bouche.

Magnus se plante devant moi, il est plus bleu que d'habitude, il a franchement la trouille :

– Tu dois le faire, Adèle ! Tu dois devenir candidate ! Sinon cette classe est fichue !

Mélissa lève timidement la main elle aussi, mais elle est si petite, tassée contre le dossier de sa chaise, qu'on la voit à peine. On entend rire les copines de Jade tandis que les élèves se retournent sur elle et que la maîtresse note son prénom au tableau. La pauvre, elle va se faire croquer !

Alors, quand je vois Jade rigoler de Mélissa, je n'hésite plus ! Je lève la main à mon tour ! Ils peuvent se moquer autant qu'ils veulent, on va leur montrer, à ces nouilles, qu'on a des choses à dire !

Poussez-vous les moches, cette élection, elle est pour nous ! Enfin, surtout pour moi ! Car je serai bientôt la cheffe de cette école ! Du monde ! De l'univers !

La maîtresse termine sa liste en notant mon nom au tableau. On est trois candidates. C'est débile, autant m'élire tout de suite, et je n'aurai qu'à refiler ceux qui sont pas contents à manger à ma plante carnivore. Bon, en même temps, j'aurais bien trop peur que ma plante carnivore attrape une intoxication alimentaire en dévorant Jade, elle est bourrée d'OGM ! Organismes génétiquement maquillés ! J'ai une autre solution : la catapulte !!!! Mais Magnus prend cette histoire très au sérieux, il commence à énumérer les règles :

– Non, non, non... Pas de catapulte, pas de plante carnivore, pas de mygale venimeuse dans leur cartable, tu dois être élue au suffrage universel !

– Qu'est-ce que c'est, ça ? Ça existe aux pépites de chocolat ?

Magnus essaie de me donner une leçon de politique :

– Le suffrage universel, ça veut dire que les

élèves doivent voter chacun pour le candidat qu'ils veulent avoir comme délégué, personne ne décide à leur place. Ça doit être leur choix ! On ne peut pas liquider la concurrence comme au Far West ! Il faut que ce soit juste et loyal.

– Bon, mais si on demande à Owen de dévorer par inadvertance celui qu'il...

– Non, Adèle !

– Et si mon désintégrateur de nazebroques se mettait malencontreusement en marche au moment où...

– Non, n'insiste pas ! Cette fois on va devoir faire selon les règles. Tu dois te faire élire pour ta vision, ton projet, tes idées !

Pendant que je note dans mon cahier que Magnus devient trop sérieux et qu'il faudra que je pense à changer d'ami imaginaire, je me dis que c'est chouette qu'au moins Papa et Maman ne votent pas... Ils ne sont pas très fans de mes idées, en général. Ce n'est pas ma faute si j'ai toujours des idées que les autres ne comprennent pas, par exemple l'autre jour j'ai fait une tarte avec le shampoing aux pommes de Mamie parce que j'avais la flemme d'éplucher des vraies pommes. Fallait y penser, non ? J'en ai d'autres : vous verrez, je suis sûre qu'un jour tout le monde se déplacera à dos d'alligator pour manger ceux qui bloquent le passage dans les escalators, et qu'on utilisera le chaspirateur pour nettoyer sa maison. Un jour ils verront, tous, que je ne dis pas que des bêtises ! Peut-être que ça prendra du temps, que je serai devenue une jurassic mamie, mais c'est pas grave : je prendrai ma machine à remonter le temps et j'irai leur tirer la langue, à tous ces nazebroques !

La maîtresse continue d'expliquer comment ça va se passer :

– Je voudrais que chaque candidate prépare un discours où elle explique les mesures qu'elle propose pour le bien-être de la classe ou de l'école. Vous pouvez demander l'aide de vos camarades.

Demain, vous présenterez chacune votre tour votre projet à la classe, et on fera l'élection ! Vous avez bien compris ?

Ouais, ouais, c'est bon, on a compris. C'est pas si compliqué, en fait ! Je vais avoir un programme d'enfer, vous allez voir ! Je vais **révolutionner** d'abord cette classe, ensuite toute l'école, puis la ville, le pays, le monde et je terminerai par la galaxie tout entière !

La sonnerie de l'école retentit. Direction la maison et ma réserve de cookies ! Tous ces projets m'ont donné le tournis ! C'est vrai, quoi, il y a tellement à faire pour rendre cette école aussi mortelle que moi… Il faudrait installer des fontaines de chocolat fondu dans la cour, et puis construire un train fantôme pour passer d'une classe à l'autre. Oh, et aussi remplacer le portail de l'école par une cabine de téléportation, comme ça on n'aurait plus à courir le matin, on passerait directement de son lit à la classe en un clin d'œil ! Et les robots pour porter nos cartables, ils pourraient être livrés quand ? Et puis je dois penser à un slogan… « Tous MORTELS avec ADÈLE ! » ? Non, trop simple… Oh là là, je dois faire ça toute seule ? C'est pas juste, Jade a sa copine Miranda et toute la bande des Pink Malibu. Et moi, j'ai qui ? Un fantôme de la Révolution que je suis la seule à voir et qui refuse de me laisser tricher, super…

Comme à son habitude, Magnus a toujours un avis à donner :

– Tu sais que j'ai participé à la Révolution française, je m'y connais en prise de pouvoir !

– Dans tes rêves, Magnus, tu ne sais même pas quand elle a eu lieu…

– Mais si… euh… c'était… la veille de… ou le lendemain de… ou peut-être le jour juste avant le… un vendredi, je suis à peu près sûr que c'était un vendredi !

Je change de sujet :

– Bon, on doit écrire ce blablabla que la maîtresse a demandé.

Magnus demande :

– Ça t'inquiète ?

– Oh non, j'ai plein d'idées justement ! Mais y a cette banderole à faire, et ces trucs à remplir…

Magnus propose :

– Pourquoi tu ne ferais pas équipe avec Geoffroy et Jennyfer ? Ils seraient super contents de t'aider !

– Justement, après ils vont croire qu'on est amis. Hors de question !

– Mais, Adèle, si tu veux gagner tu dois bien t'entourer ! Tu as besoin de rassembler les idées de tout le monde !

– Et me retrouver obligée de partager mon paquet de cookies ? JAMAIS !

La dernière chose dont j'ai besoin, c'est de ces deux pots de colle dans mes pattes. Eux qui sont toujours prêts à faire tout ce que je leur demande, qui me suivent aveuglément, qui obéissent toujours sans broncher et... HÉ, MAIS... UNE MINUTE ! C'est génial, en fait ! Ce sont des copains à tout faire ! Je vais pouvoir les utiliser pour faire tous les trucs compliqués pour gagner l'élection, et j'aurai juste à profiter ensuite ! Et puis ils pourraient me donner des idées, c'est vrai. Si elles sont bonnes, je dirai que c'était les miennes, et, si personne ne les aime, je dirai que c'était les leurs !

Je m'exclame :

– Magnus, j'ai pensé à quelque chose, tu vas être épaté : je pourrais demander à Jennyfer et Geoffroy de me filer un coup de main !

– Tu te moques de moi ? C'est moi qui viens de te suggérer ça !

– Tu sais, Magnus, c'est ta parole contre la mienne, et quelque chose me dit que la parole d'un ami imaginaire que personne ne peut entendre ne pèsera pas bien lourd !

Magnus ronchonne, comme toujours. C'est pas ma faute si ses idées sont meilleures quand elles viennent de moi ! Oh là là, je sens que vais être drôlement douée pour la politique, moi ! C'est pas sorcier ! Je dois seulement convaincre les autres qu'avec moi à la tête de la classe, on s'amusera beaucoup plus ! J'ai qu'à leur promettre tout et n'importe quoi !

Bon, pas de temps à perdre, je dois organiser une réunion avec mon équipe de choc. Parce que, mine de rien, Jade est une sacrée concurrente. Mélissa, personne ne votera pour elle à part Gontran et Thomas, elle est trop discrète. Mais Jade, c'est une autre affaire... Elle terrorise tellement les autres qu'ils n'oseront pas faire autrement ! En sortant de la classe, je demande à Jennyfer ce qu'elle en pense, mais, avec son t-shirt à mon effigie, je pense qu'elle n'est pas très objective... Elle saute en l'air en s'écriant :

– Tu seras la meilleure, comme toujours ! C'est vrai, tu es la plus drôle, la plus marrante, la plus rigolote, la plus...

– Oui, oui, c'est bon, on a compris.

Je me tourne vers Geoffroy :

– Et toi, qu'est-ce que tu en dis ?

– Moi j'ai déjà fait mon vote, regarde ! Je n'ai plus qu'à le donner à la maîtresse !

– Mais tu as juste dessiné un cœur...

– Bah oui, parce que tout le monde sait que tu es l'amour de ma vie !

Dès que ma campagne électorale sera terminée, il faudra que je pense à l'emmener chez un bon psychologue. Il doit bien y avoir quelqu'un capable de remettre son cerveau détraqué à l'endroit. C'est vrai, quoi, plus je suis méchante avec lui, plus il m'aime ! Est-ce que c'est ça, l'amour ? Tout comprendre à l'envers ? Tout ressentir dans le désordre ? J'avoue : j'aime bien l'idée, et ça expliquerait pas mal de choses de ce que j'entraperçois du monde des adultes. Mais on s'occupera de ça plus tard, pour le moment on doit préparer mon programme pour l'élection ! Si Jennyfer et Geoffroy me trouvent aussi géniale, alors je ne devrais pas avoir de mal à convertir les autres à ma **mortellitude !**

Comme j'ai besoin d'eux, je dois faire un effort. Je leur propose avec mon plus beau sourire :

– Ça vous dit de venir chez moi pour m'aider à préparer mon élection ?

Sur le chemin de la maison, je commence à leur parler de mes idées, j'ai hâte de savoir ce qu'ils vont en penser. Je leur explique :

– Bon, alors, j'ai pensé à quelques trucs. C'est sûr, ça va demander quelques aménagements, mais rien de terrible, juste de minuscules changements. D'abord, les mesures les plus importantes, celles qu'il faudra mettre en place tout de suite parce que franchement je ne sais pas comment on a fait pour vivre sans jusqu'à maintenant : on pourrait commencer par équiper tous les élèves de rollers pour faciliter les déplacements.

Geoffroy s'inquiète déjà :

– Mais si on tombe ?

Ah là là, je l'attendais, celle-là... Déjà que les adultes croient qu'on ne peut pas regarder un verre d'eau sans boire la tasse, alors, si même entre nous on s'y met, ça va devenir compliqué ! Heureusement que j'ai pensé à tout :

– Pas de panique ! Pour éviter les blessés, on aurait qu'à tous porter des énormes combinaisons gonflables de sumo pour rebondir partout. C'est sûr que ça ne sera pas pratique pour passer les portes, mais ça tombe bien, on démolirait tout, finis les portes et les pupitres minuscules, on pourrait tous avoir classe dans une piscine à balles. Faudrait juste pas faire tomber son crayon, parce que ce serait la galère pour le retrouver, mais ça tombe bien, on aurait plus besoin de crayons ! Bah oui, on aurait des ordinateurs hyper intelligents qui écriraient tout à notre place pendant qu'on pourrait discuter de ce qu'on a vu la veille à la télévision.

Jennyfer réagit :

– Mais, Adèle, on n'a pas le droit de bavarder en classe !

– JUSTEMENT ! Je rendrais le bavardage obligatoire, bien sûr ! Ce qui serait interdit, ce serait les conjugaisons, on peut s'en sortir sans ! Il suffirait de parler sans conjuguer les verbes, par exemple : « Je vouloir transformer mon école ! » Ce être super, non ? Ah çà, vous verrez qu'on sera bien plus à l'aise pour communiquer sans les règles de grammaire, d'orthographe, et tout le reste, on aura qu'à faire comme on veut, on pourrait même inventer des mots, ce sera fantagénial, complètement utilocool !

Oh là là, je suis super excitée ! Par contre, Geoffroy et Jennyfer ont l'air un peu surpris...

Geoffroy bafouille :

- Tu sais que j'aime tout ce que tu dis d'habitude, mais là, ça ne me semble pas très... possible.

- Comment ça, « pas très possible » ?

- Bah oui, comment tu veux faire tout ça ?

- Ah, mais moi je ferai rien, je donne juste mes super idées ! C'est vous qui allez vous en occuper ! Vous vouliez m'aider, non ?

- Mais... Adèle...

Ils me regardent tous les deux, on dirait qu'ils ne savent pas quoi faire. Je sais pas, moi, c'est quand même pas compliqué de trouver un magasin qui vend une piscine à balles, des robots, des rollers, et tout ça, si ? C'est dingue, c'est encore à moi de me débrouiller, si j'ai bien compris. Ils servent à quoi, alors ? Je continue de leur expliquer mon programme :

- Bon, laissez-moi terminer, vous allez comprendre que c'est **LE PROGRAMME PARFAIT** ! Une fois qu'on aura remplacé la salle de cantine par une machine qui cuisinera notre plat préféré, on s'attaquera au gymnase : plus question de courir et de sauter ou de grimper sur quoi que ce soit, c'est trop fatigant ! On fera notre sport sur des consoles de jeux ! Pas mal, non ?

On arrive à la maison. Une fois dans ma chambre, je reprends :

– Pour la cour de récréation, j'aimerais qu'on

réfléchisse, je n'arrive pas à me décider : c'est mieux qu'on mette un looping ou des autos-tamponneuses ? Parce que, bon, quitte à s'amuser, autant que ce soit le top du top ! Pour la fin de journée, quand c'est l'heure de rentrer, et, comme je suis très généreuse, je propose de mettre ma catapulte à disposition des élèves. Il suffira de s'asseoir dessus, et hop, on pourra s'envoler pour la destination de son choix !

Geoffroy et Jennyfer me regardent avec des yeux ronds. Je vois bien que quelque chose les travaille.

Je leur demande :

– Qu'est-ce qui ne vous plaît pas, au juste ?

Jennyfer répond timidement :

– Je... Bah... C'est-à-dire que...

– Quoi, t'aimes pas les loopings ? T'as un problème avec les robots cuistots ?

– Non, c'est juste que... Euh...

– Quoi, vous préférez un distributeur de barbe à papa à la place ?

– Non, mais...

– Oh, et une machine qui lancerait des cookies comme des frisbees ? On aurait plus qu'à sauter pour les attraper ?!

– Bah...

Ils ont la même tête que moi quand Papa et Maman m'annoncent que c'est l'heure de partir en vacances et que je découvre qu'ils viennent eux aussi.

Les gens, tu peux faire ce que tu veux, ils sont JAMAIS CONTENTS. Voilà leur problème ! Franchement, cette école pourrait devenir géniale si on me laissait prendre les commandes. Mais c'est pas grave, je peux me passer de ces deux patates. Quand les autres élèves vont entendre mes idées, ils vont voter pour moi, c'est certain !

Magnus intervient :

- Tu sais... Je me demande si tes promesses ne sont pas un peu... Comment dire...

- MORTELLES ?

- Je pensais plutôt à... excentriques... loufoques...

- Comment ça ? C'est les combinaisons de sumo que tu n'aimes pas, c'est ça ?

- Oui, enfin... ça et... Et le fait que tu ne pourras jamais tenir tes promesses !

Je m'énerve :

- On s'en fiche de ça ! Il faut faire rêver les électeurs pour qu'ils votent pour moi !

Magnus insiste :

- Oui, mais non, tu dois leur montrer que tu veux

améliorer leur quotidien, mais de façon réaliste... Sinon, ils ne vont pas croire en toi. Tu veux que je t'aide à faire une liste ? Mais des choses possibles et faciles à mettre en place...

Magnus prend les choses trop au sérieux. Tout ça parce que mÔssieur est persuadé d'avoir fait la Révolution et de s'y connaître mieux que tout le monde... Je n'ai pas besoin qu'on me dise ce que je dois faire, ni d'écrire une liste, j'ai tout dans un coin de la tête. Et inutile de préparer mon discours, je vais improviser. Après tout, c'est comme ça qu'on parle le mieux aux gens, non ? En ouvrant son... son... Berk, rien que de le dire j'ai la nausée. En ouvrant son cœur, oui, voilà. BURP ! Eh, bah, moi je vais plutôt faire à ma manière... Je vais ouvrir mon cœur ET mon imagination. Ils ne vont pas en croire leurs oreilles.

– Non, mais j'ai compris le truc, Magnus, t'inquiète ! Faut juste savoir dire ce que les autres ont envie d'entendre, et pour ça j'ai eu l'entraînement idéal : je passe mon temps à embobiner Papa et Maman !

– Mais, Adèle, ce n'est pas du tout ça que je voulais dire !

– T'inquiète, je te dis ! Je suis la reine de la mauvaise foi ! Je vais faire des promesses tellement incroyables qu'ils vont tous avoir la tête qui tourne en m'écoutant !

Ne perdons pas de temps, je dois boucler ça avant le début de ma série préférée à la télé. Hop, je répartis les tâches :

– Geoffroy, tu t'occupes de peindre la banderole, je veux que ça soit MORTEL !

– J'écris ton nom avec des cœurs partout !

– HORS DE QUESTION ! Tu écris que j'offre une console de jeux à tous ceux qui votent pour moi !

Magnus intervient aussitôt à mon oreille :

– Non, non, non, Adèle, on n'achète pas les voix de ses électeurs !

– Oh, tu m'enquiquines vraiment, toi !

– Tu dois trouver un slogan ! Un message qui parlera aux gens !

– J'ai pas que ça à faire, tu sais le nombre de

bêtises que je dois encore préparer avant ce soir ?

– Et alors quoi ?

– Bah, les bêtises, c'est MAINTENANT !

Oh, tiens, ça ferait un bon slogan, ça ! Je demande à Geoffroy :

– « Les bêtises, c'est maintenant ! » Tu écris ça en rouge, tu l'entoures, tu le soulignes, tu mets un coup de fluo par-dessus !

– « Les bêtises, c'est MARRANT » ?

– Non, « MAINTENANT » !

– Oui, je le fais maintenant…

– Non, « Les bêtises, c'est MAINTENANT » !

– Tu voulais pas qu'on fasse ta banderole avant ?

– MAINTENANT !!!!

Aaaah, il va me rendre folle ! Bon, je laisse Geoffroy s'occuper de la banderole, et j'envoie Jennyfer choisir dans mon placard la meilleure tenue pour l'élection de demain. J'espère qu'elle ne confondra pas mon uniforme du jeudi avec celui du mardi, ou celui du vendredi avec celui du lundi...

Moi, j'ai mieux à faire pour le moment, je dois aller voir ce que prépare ma concurrente !

Pas une seconde à perdre ! Avec Magnus, on est en mission commando, on se faufile entre les arbres, on rase les murs, on se cache derrière tout ce qu'on trouve pour parvenir jusqu'à la maison de Jade sans se faire repérer. Et là, penchés par-dessus la clôture de son jardin, on n'a plus qu'à récolter de précieux indices sur ce qu'elle prépare avec les pestes du club des Pink Malibu.

Jade est allongée sur un transat. Elle donne des ordres tout en essayant de bronzer :

– Miranda, je ne peux pas peaufiner ma bonne mine et m'occuper de ça en même temps !

– Mais, Jade, c'est juste pour que tu nous dises ce que tu veux mettre sur ta banderole !

– J'en ai aucune idée, mettez n'importe quoi... Tout ce qui m'intéresse, c'est de gagner cette élection juste pour obliger les autres élèves à faire tout ce que je veux !

Magnus me murmure :

– Dis donc, on dirait que vous avez le même objectif !

– Oui, mais moi, je ne veux pas transformer les autres en courges ! Je veux juste qu'on puisse faire tout ce qu'on a envie !

– C'est sûr qu'avec Jade à la tête de la classe, tu peux faire une croix sur tes envies de bizarrerie…

Je l'interromps :

– Regarde, elles s'activent !

Miranda a l'air de prendre la situation en main, elle demande aux autres de se mettre en ligne :

– On va travailler sur la chorégraphie ! Harmonie, tu as les paillettes ?

– Oui, c'est bon !

– Lilly, tu as les confettis ?

– Oui, je les ai, trois grands sacs comme tu l'as demandé !

Quand elles commencent à danser, on dirait qu'elles sont prises de convulsions étranges, un peu comme la fois où j'ai avalé une arête et que j'ai fini par recracher tout mon dîner au milieu de la table. Jade les interrompt :

– Je veux plus de joie ! Plus de pirouettes ! Cette chorégraphie doit être à l'image de ma beauté : absolument parfaite !

– On va travailler dessus toute la nuit s'il le faut ! On sera prêtes demain !

– J'espère bien... Entraînez-vous !

Jade continue :

– Miranda, j'ai besoin de toi pour écrire mon discours.

– Je prends le crayon pour les urgences ?

– Oui, le rose pomme d'amour avec encre pailletée parfumée à la guimauve. Quand j'écris avec celui-là, j'ai mes meilleures idées !

Je sais pas qui lui a vendu ce truc, mais elle devrait se faire rembourser. Parce que tout ce qui sort de la tête de Jade, avec ce crayon ou un autre, c'est du **vomi de licorne.**

Jade commence à dicter à Miranda tout ce qu'elle doit écrire :

– Je vais mettre la beauté au cœur de mon programme ! Quel meilleur moyen de faire un monde plus beau que d'être plus beaux nous-mêmes ?

– Oh, Jade, tu es si intelligente !

– Oui, je sais...

Magnus en profite :

– Tu vois, Adèle, tu dois écrire un discours, même Jade le fait.

– Mais moi je préfère improviser !

– On ne peut pas prendre le risque que tu dises des bêtises et que tu vexes tout le monde...

– Oh, comme si ça m'arrivait souvent !

– Tu veux qu'on reparle d'hier, quand ta mère t'a demandé si tu la trouvais jolie dans sa nouvelle tenue, et que tu lui as répondu que tu n'y connaissais rien en fossile ?

– Bah quoi, c'est vrai !

Pour une fois que je ne mens pas, ça se retourne encore contre moi, ça m'apprendra à dire la vérité ! Magnus insiste :

– On devrait rentrer, Adèle, on a du pain sur la planche !

– Ah, toi aussi tu as faim !

– Non ! Je veux dire qu'on doit se mettre au travail nous aussi ! Tu vois bien que Jade est super préparée pour l'élection de demain ! Écoute, Adèle, le mieux, c'est que tu restes concentrée et que tu me laisses m'occuper de ton discours… On doit être très prudents pour éviter que tu dises des énormités !

La dernière fois que Magnus a écrit un truc pour moi, c'était une rédaction sur la Révolution française. Enfin… SA version de la Révolution française, celle où il sauve tout le monde et où on chante son nom dans les rues. La maîtresse a marqué sur ma copie qu'elle n'avait pas demandé qu'on écrive de la science-fiction…

Avec Magnus on rentre à la maison au moment où Jade commence à expliquer aux filles de son club comment elles devront s'habiller demain.

Quand j'arrive chez moi, Geoffroy et Jennyfer sont rentrés chez eux. Geoffroy n'a pas du tout écouté mes consignes, il a écrit sur la banderole : « **Adèle, tu es ma reine !** » Après ça, on s'étonne que je fasse des cauchemars toutes les nuits !

Bon, si Magnus veut écrire mon discours, il n'a qu'à le faire, je m'en fiche, moi. Du moment que ça me fait gagner l'élection ! Ça me laissera plus de temps pour regarder la télé.

C'est quand même pas facile d'être entourée de gens qui me disent tout le temps comment il faudrait que je sois. C'est pas ma faute s'ils ont peur d'être mortels eux aussi !

Pendant que Magnus se débrouille avec ce fichu discours, je réfléchis à ce que deviendra l'école quand je serai déléguée. C'est sûr, même moi, j'irai en courant après ça !

DRIIIIIIIIIIIIIIIIIIIIIIIIIIIIING.

J’arrive au portail quand la sonnerie retentit. Cette nuit, j’ai rêvé à tout ce qu’on pourrait faire dans l’école si je devenais déléguée. Ça m’a donné encore plus d’idées ! Mais, quand j’arrive, l’ambiance est trop étrange : tous les élèves se regardent en coin dans la cour de récréation. Je comprends vite pourquoi : Jade et ses copines ont placardé des affiches partout, avec la tête de Jade en grand et des cœurs qui scintillent.

Non mais, sérieusement, y a qu'elle qui a le temps de faire ça alors qu'hier soir ils passaient *Massacre à la scie sauteuse* à la télévision ! Hors de question que je rate ça !

On se met en rang pour rentrer dans la classe. Mélissa a le nez plongé dans son cahier. De mon côté, j'ai noté d'une oreille distraite tout ce que Magnus m'a dicté. Pas besoin de relire, au pire j'improviserai ! Il apparaît devant moi, catastrophé :

– Regarde, Jade a rempli trois carnets avec ses notes ! Tu as vu ?

– Oh, bah, ce serait difficile de la rater...

Jade est entourée de toutes ses groupies. Avec son stylo rose, elle a écrit sur les pages roses de son carnet rose, qu'elle brandit pour que tout le monde le voie. J'ai hâte d'entendre ce qu'elle va nous raconter. Pendant qu'on s'installe, la maîtresse nous dit justement que c'est Jade qui va commencer par présenter ses idées. Ouh là là... Jade présidente, c'est un peu déjà le cas avec ses patates mutantes qui la suivent partout, elle doit sûrement prendre ses rêves pour la réalité. Elle passe son temps à leur donner des ordres, alors j'imagine ce que ce serait si on votait pour elle : la fin de toute forme d'intelligence sur terre.

Tandis que Jade monte sur l'estrade, Miranda et les autres filles du club des Pink Malibu entament la chanson qu'elles ont écrite en guise de slogan. Elles gesticulent et agitent leurs bras dans tous les sens :

– **J comme Jolie !**

A comme Amie !

D comme Dégourdie !

E comme Extravertie !

Votez JADE, vous allez JADORER !

Oui, alors, euh... On aurait aussi pu dire : « J comme JAMAIS DE LA VIE, A comme AH ÇÀ, TU PEUX RÊVER, D comme DEHORS LA DINDE, et E comme EST-CE QUE TU AS TOUTE TA TÊTE ?! » Non mais, sérieux ? « Votez Jade » ? Faudrait vraiment être atteint... Elle ne demande jamais son avis à personne ! Elle tyrannise toute l'école ! Elle est pire que moi !

Je demande à Magnus :

– Dis, Magnus, c'est quoi, le contraire de la démocratie ?

– La dictature !

– Et c'est bien ?

– Non, c'est pas super ! Imagine une dictature dirigée par Jade : tout le monde aurait l'obligation de s'habiller en rose et de s'asperger de paillettes matin, midi et soir ! On n'aurait pas le droit de refuser ! Elle aurait tous les pouvoirs !

Ce serait JADAPOCALYPTIQUE !

Mais la voilà qui démarre son discours, Miranda jette des poignées de confettis à travers la classe. Si je n'écoute pas, Magnus va encore râler. Je dois évaluer la menace, scruter mon adversaire, pour voir ce que ça serait de vivre en Jadictature… Chut ! Elle commence :

– Chère maîtresse, Chères membres moins belles que moi du club des Pink Malibu, et vous, chers élèves qui n'avez ni le look ni le style ni la beauté pour nous rejoindre dans notre groupe de copines super trop bien habillées mais qu'on essaie quand même de regarder sans s'évanouir. Je veux que vous sachiez que ce n'est pas grave si vous n'êtes pas aussi jolis que moi. Oui, vous le savez tous, j'ai eu la chance de naître belle. Cette beauté incroyable me permet aujourd'hui d'être là devant vous, pour éclairer vos peaux grasses et vos cheveux secs de mes rayons de joie. Aussi, j'ai décidé de mettre la beauté au cœur de mon programme pour devenir votre déléguée.

« Moi, je veux être une déléguée qui représentera tous les élèves, même les plus laids !

« Et ma première mesure sera d'apporter assez de maquillage pour que plus personne ne manque jamais de gloss pailleté ni de mascara à la cerise.

« Je sais que pour certaines et certains, il faudra beaucoup de couches de vernis à ongles, mais je saurai révéler votre potentiel !

Oui, vous devez m'élire pour rendre notre monde plus beau ! Comme moi, vous en avez sûrement assez de la laideur de ce qui nous entoure.

Vous n'aurez plus jamais peur, mes chers amis, vous pourrez enfin croiser votre reflet dans les miroirs sans crainte ! Vous pourrez répandre tout votre amour de vous-même, et de moi bien entendu, sur la planète !

« Mais ce n'est pas tout, car je veux également que notre école soit aussi belle que nous ! Aussi, nous commencerons par tapisser les murs et les couloirs de papier peint rose nacré, et nous repeindrons chaque feuille d'arbre de la cour en rose fuchsia pour plus de gaieté ! Pour ne plus abîmer nos nouvelles manucures, chaque élève se verra offrir un flamant rose qui portera ses affaires de classe. Pour les repas de la cantine, je propose que des diffuseurs de grenadine soient installés à tous les robinets !

« Si vous votez pour moi, j'interdirai l'acné ! J'interdirai la transpiration ! J'interdirai aussi les gens bizarres ! J'interdirai enfin les tenues dans lesquelles ne figurent pas le rose pâle, le rose bonbon ou le rose dragée, ainsi que les coiffures sans barrettes et les baskets sans semelle lumineuse ! Il y a aura des concours de défilé de mode à chaque sonnerie, des photos de moi dédicacées pour chacun d'entre vous en cadeau, et vous aurez le droit de vous abonner gratuitement à ma chaîne de tutos beauté ! J'instaurerai aussi la Pink Week permanente : tout le monde devra venir à l'école habillé en rose !

« Ensemble, créons un monde plus rose et plus beau ! Votez Jade, vous allez jadorer ! »

Miranda tournoie autour de Jade en continuant de lancer des confettis. Les autres filles du club recommencent à chanter :

– Elle est jadmirable, notre Jade préférée, elle est jadmirable, maintenant il faut vooooteeeeeer !

La maîtresse n'a pas l'air contente :

– Dis donc, Jade, tu ne trouves pas que c'est un peu dommage de ne parler que de l'apparence et de...

– Ah oui, j'ai oublié l'essentiel : je propose d'interdire la myopie qui oblige à porter d'affreuses lunettes comme celles de Thomas, et je voudrais bannir de l'école notre camarade Adèle parce qu'elle encourage trop la bizarrerie et la différence ! Et parce que, vraiment, je n'aurai jamais assez de maquillage pour la rendre jolie !

– JADE !

– Oui, maîtresse ?

– Mais, enfin, tu ne peux pas dire des choses comme ça ! C'est très méchant !

– Mais c'est vrai ! C'est même pas une vraie fille, c'est un garçon manqué !

– JADE !!!

Je m'en fiche de ce qu'elle peut penser. J'ai d'autres ambitions que de ressembler à la fée Clochette et d'éternuer des paillettes ! Jade pense que tout peut se régler en faisant voler ses cheveux. Moi, si je faisais ça, avec mes énormes couettes, j'assommerais tous ceux qui m'approchent, ce serait un carnage !

Ça ne fonctionne pas pour tout le monde, et c'est pour ça qu'on devrait tous avoir le droit d'être différents ! Elle peut croire ce qu'elle veut, mais je ne suis pas un garçon manqué, je suis une fille parfaite ! Je sais tout faire, moi, c'est ça qui l'embête ! Elle, elle aura beau se couvrir de maquillage, elle sera toujours aussi bête, et personne ici n'a envie de vivre dans son havre de beauté écœurant, berk ! Voir la vie en rose tout le temps ? Quelle horreur ! Je veux en faire voir de toutes les couleurs aux autres, moi !

Je m'inquiète quand même un peu :

– Franchement, elle n'a aucune chance, hein, Magnus ?

– On ne sait jamais, malheureusement... Il faut rester concentrés pour le moment !

– Sérieusement, tu nous vois trimballer des flamants roses partout ?

– Méfie-toi, tu sais à quel point tout le monde a peur d'être différent... S'ils veulent tous faire comme les autres, elle est la candidate parfaite ! Ça peut marcher ! Restons vigilants !

Jade retourne s'asseoir en faisant la tête tandis que la maîtresse balaie les confettis qui recouvrent l'estrade.

C'est au tour de Mélissa. Elle s'avance au tableau. Elle est si petite qu'on voit à peine ses cheveux dépasser quand elle s'avance derrière le bureau de la maîtresse. Une fois devant la classe, elle se racle la gorge, on dirait qu'elle a peur de parler.

– Je... Je suis Mélissa... Et... Euh... Je voudrais devenir.... Je voudrais devenir déléguée de la classe... et...

Les autres élèves commencent à rigoler. C'est pas sa faute, à Mélissa, si elle est super timide !

Une fois, je suis presque sûre de l'avoir entendue s'excuser auprès d'une feuille morte de lui avoir marché dessus dans la cour.

La maîtresse essaie de l'aider :

– Alors, Mélissa, est-ce que tu as réfléchi à ce que tu voudrais proposer ?

– Oui, je… J'ai noté sur ma feuille, j'ai fait une liste, mais…

… Mais elle tremble tellement qu'elle n'arrive plus à lire ce qu'elle a écrit. Pauvre Mélissa, j'aimerais bien l'aider. Pas parce qu'on est amies, ah çà, non, jamais de la vie. Mais parce que ça m'embête de la voir garder tout ce qu'elle a envie de dire tout au fond de sa gorge. La maîtresse prend sa feuille pour lire les premières phrases :

– Mélissa propose de mettre en place un temps de lecture avant chaque récréation, pour que chacun puisse découvrir un roman ou une bande dessinée qu'il ne connaît pas. C'est bien ça, Mélissa ?

– Oui, on pourrait… On pourrait se prêter des livres, ou en apporter pour la bibliothèque de la classe pour que les autres puissent les emprunter.

– Et ton idée sur le compagnon de devoirs, c'est quoi ?

Mélissa répond :

– Moi, je n'aime pas trop la géographie, mais je suis forte en français. Alors... Alors je me disais que chacun de nous pourrait faire équipe avec un autre élève qui est moins bon dans une autre matière, pour s'aider et faire les devoirs ensemble.

Jade lève la main, la maîtresse lève les yeux au ciel en lui répondant :

– Oui, Jade ?

– ... Et c'est tout ?

– Comment ça ?

– Pas de piste de danse ou de cupcakes aux paillettes ? En quoi ça améliore vraiment notre quotidien ? Et on fait quoi des enfants laids qui risquent de nous contaminer et de nous transmettre des boutons ou, pire, des pellicules !!! Et le manque de rose dans cette école, c'est très mauvais pour notre développement de futures top models !

J'ai l'impression de voir de la fumée sortir des oreilles de la maîtresse, comme la fois où j'avais écrit ma rédaction sur une tranche de pain de mie parce que j'étais pas très réveillée en faisant mes devoirs au petit déjeuner. Elle m'appelle au tableau pendant que Mélissa retourne s'asseoir. La pauvre, personne ne l'applaudit, elle n'a même pas réussi à finir de lire ses idées devant tout le monde. Tout repose sur moi à présent. Si on veut éviter de se retrouver avec Jade à la tête de la classe, j'ai intérêt à assurer et à leur montrer pourquoi je suis la candidate idéale ! Je dois faire en sorte qu'ils attrapent tous la démortellocratie et pas la Jadictature ! Je dois mettre le paquet !

Magnus m'encourage tandis que je zigzague entre les tables :

– Surtout, sois toi-même. Enfin, un peu toi-même. Pas trop non plus, tu vas les effrayer. Sois toi-même mais un peu moins. Genre Adèle, mais pas trop mortelle non plus.

– T'inquiète, c'est dans la poche !

– Et surtout, tiens-t'en au discours que j'ai préparé, n'improvise pas !

Je m'étonne :

– Pourquoi ? Et si j'ai d'autres bonnes idées qui me viennent ?

– Adèle, fais-moi confiance, tiens-t'en à notre programme ! Tu as de bonnes idées, mais ils ne sont pas prêts pour ça ! Contente-toi de lire ce beau discours plein d'énergie, sans en faire trop !

Oui, oui, c'est bon, je vais écouter les conseils de Magnus. Je vais lire le discours qu'il a préparé. Je dois réussir à les convaincre de voter pour moi. Il sera toujours temps de réagir si ça tourne mal.

Je commence par me racler la gorge. Hum, hum. C'est parti :

– Chères Bizarres et Chers Bizarres. À l'inverse de mes adversaires, je me fiche que vous soyez ceci ou cela, parce que je ne fais pas de différences, je déteste tout le monde de la même façon.

Magnus me fait de grands signes pour m'encourager. Je continue de lire son discours :

– Alors, oui, je vous ai assommés parfois, je vous ai catapultés de temps en temps, j'ai même cassé les pieds de la plupart d'entre vous, je le reconnais. Mais je dois vous avouer ceci... Je ne vous aime pas, et pourtant, en cherchant dans les profondeurs de mon minuscule cœur, j'ai découvert que j'avais un point commun avec vous. Comme vous, je dois passer mes journées enfermée dans une salle de classe, avec des gens qui m'insupportent et m'agacent, polluée par le parfum « Cerise pétillante » de Jade et ses critiques permanentes sur ma façon de me conduire, de m'habiller, de parler, d'être. Comme vous, je dois obéir aux adultes. Comme vous, je dois apprendre à rester immobile et sage malgré mon envie de crier, de courir, de sauter, de grimper, de jouer en permanence. Comme vous, je passe mon temps à obéir ou à faire semblant d'obéir à des règles juste parce que d'autres pensent mieux savoir ce qu'on doit dire, aimer, faire, penser, ressentir, manger et tant d'autres choses. Comme vous, j'ai compris qu'il était difficile d'être un enfant dans un monde dirigé par les adultes, dont la plupart ne savent même pas comment sauver la seule planète de l'univers où l'on trouve des cookies, faire cuire un moelleux au chocolat, ou utiliser la télécommande. Non, je ne vous obligerai pas à vous conformer à un moule comme le fait Jade, je ne vous dirai pas quel enfant vous devez être parce que, je vous le dis, vous êtes déjà ce que vous devez être, avec vos bizarreries, vos grains de folie et vos étrangetés, vos épis sur la tête, votre haleine toxique et vos pensées loufoques.

« Et non, je ne vous obligerai pas à oublier ça comme veut vous l'imposer Jade, parce qu'on nous demande trop souvent de grandir et d'arrêter de jouer, d'arrêter de rire, d'arrêter de courir, alors que c'est ça notre boulot ! On est des enfants, c'est ce que nous savons faire ! Alors non ! Je veux que nous cultivions ensemble le fait d'être des enfants, l'importance de rigoler ensemble, de jouer ensemble, d'imaginer, de créer, de rêver ! C'est le moment le plus important de nos vies, car c'est celui où nous pouvons faire des bêtises, où nous pouvons nous tromper, casser, trébucher, nous relever, recommencer ! Notre seule limite, c'est notre imagination ! Nos bêtises seront parfois incomprises, mais elles seront souvent drôles, à cause d'elles on se fera gronder sans doute, mais grâce à elles on fera nos propres découvertes, on apprendra, on vivra mille aventures ! Ce sont nos bêtises, et nous y avons droit ! Grâce à elles, **NOUS DEVIENDRONS MORTELS** ! »

Alors votez Adèle, car les bêtises, c'est MAINTENANT !

Toute la classe m'applaudit tandis que Geoffroy et Jennyfer font flotter ma banderole à travers la classe. Bon, je pensais pas dire un jour des trucs aussi gentils, mais pourquoi pas, si ça me permet de remporter l'élection ! Magnus murmure à mon oreille, il a l'air inquiet :

– Voilà, c'était très bien, tu as été parfaite ! Maintenant, tu les remercies d'avoir écouté et tu retournes t'asseoir avant de dire n'importe quoi !

Mais je suis emportée par cette énergie que je ressens dans la salle ! Je suis sur l'estrade, tout le monde me regarde. C'est le moment. Mon moment. C'est comme si j'étais devant tous les enfants de la planète. Je dois leur parler franchement, parce que ça suffit. On n'a pas besoin de repeindre l'école en rose. Je sais parfaitement ce qu'il nous faut ! Impossible de m'arrêter en si bon chemin ! Je sens qu'ils sont prêts à entendre mes idées mortelles et révolutionnaires ! Je ne vois pas pourquoi Magnus me conseille de les garder pour moi, j'ai vraiment plein d'idées funky moumoute et parfaitement réalisables si on se donne un peu de mal... Et puis je dois les faire rêver, je dois être certaine qu'ils votent pour moi ! Et tant pis si je fais des promesses que je ne pourrai pas tenir, je trouverai des excuses plus tard. Je me lance :

– Mes premières mesures seront de faire inscrire les cookies et le ketchup sur la liste des légumes, comme ça nos parents arrêteront de nous dire qu'on ne mange pas assez de légumes ! Je propose qu'on démonte le toit de l'école, afin d'installer une catapulte géante pour aller explorer les autres planètes et partir en classe de neige sur Saturne ! Si vous m'élisez déléguée de la classe, je n'interdirai rien ! Tout sera autorisé ! On aura le droit de venir à l'école en pyjama, on pourra se coiffer avec sa brosse à dents, on pourra marcher sur les mains. On sera en récréation quand on voudra, il suffira de demander ! La maîtresse aussi pourra jouer au ballon ou à cache-cache. On aura le droit de ne rien faire en classe si c'est ce dont on a envie, on pourra ajouter de nouvelles matières au programme, comme le saut en parachute, l'étude de la magie ou parler aux fourmis !

Magnus me fait de grands signes, il a l'air paniqué. Mais ce n'est pas grave, je continue sur ma lancée, je dois leur donner envie de voter pour moi !

– Je propose qu'on installe des distributeurs de bêtises aux quatre coins de la cour, comme ça, dès que vous serez à court d'idées, le distributeur vous en donnera une et vous dira ce que vous pourriez faire ! On pourrait avoir un tigre dans le gymnase pour faire du rodéo dessus, et aussi pour qu'il mange tous les casse-pieds qui viendraient nous donner des ordres ! On aurait une piscine de soda dans la cour de récréation pour se baigner et boire en même temps ! Et je propose qu'on ait tous de super notes à chaque contrôle, pour éviter les problèmes en rentrant le soir à la maison. On serait même pas obligés de rentrer, on pourrait installer des dortoirs avec plein de jouets, on ferait tout ce qu'on veut !

La maîtresse n'a pas l'air convaincue. Pas du tout, même. Et j'ai l'impression que plus personne ne m'écoute, je ne comprends pas ce qui se passe, ils ont tous l'air absorbés par autre chose.

Pourtant j'ai fait tout ce qu'il fallait, j'ai proposé de super trucs pour donner envie à tout le monde de m'élire déléguée ! Je commence à paniquer... Et plus je panique, moins j'arrive à m'arrêter de parler. Les idées sortent de ma bouche comme si quelqu'un avait craqué une allumette dans une caisse de feux d'artifice. Ça explose de partout dans ma tête.

La maîtresse m'interrompt et me demande de retourner à ma place. Plus personne n'applaudit, on dirait que je suis devenue invisible.

Je ne me sens pas très bien :

– Magnus, qu'est-ce qui se passe ?

– Je t'avais bien dit de garder toutes ces idées pour toi !

– Mais, au contraire, j'ai dit tout ça pour qu'ils votent pour moi !

– Mais, Adèle, comment tu comptes réaliser tout ça ?

– Bah... On s'en fiche, c'est juste pour être élue !

Magnus fait le rabat-joie :

– Ça ne marche pas comme ça ! Tu dois faire de vraies propositions que tu puisses réaliser si tu veux que l'on croie en toi ! Sinon, c'est juste de la poudre de perlimpinpin !

Zut... Mais alors, qu'est-ce qui va se passer ? On va vraiment avoir Jade comme déléguée ? Oh là là, je commence à pas me sentir bien. Et mon allergie aux paillettes ? Est-ce qu'on devra vomir des arcs-en-ciel aussi ? J'aurai plus le droit d'être bizarre ?? Non, non, non, je vais y arriver, je vais me faire élire, c'est **OBLIGÉ** !

La maîtresse sort une grande boîte. C'est le moment du vote. Elle demande à tous les élèves de venir au bureau un par un. Ils doivent écrire le nom du candidat qu'ils ont choisi sur un petit bout de papier, et interdiction aux autres de regarder ! Allez, j'y crois, ça peut encore marcher ! Personne ne va laisser Jade gagner, hein ? Non mais, sérieusement ? Une école où aucun enfant n'aurait le droit d'être différent des autres, pour de vrai ? J'essaie de croiser les regards, de décrypter les gestes. J'envoie Magnus à la pêche aux informations, mais même lui n'arrive pas à savoir ce qui va se passer. Il panique :

– Si Jade gagne, on part ! On s'exile sur une autre planète ! On fuit le plus loin possible !

– JAMAIS ! On fera une révolution ! On reprendra le pouvoir ! Tu sais faire, toi, tu me montreras comment m'y prendre !

– On ne pourra peut-être pas… Peut-être que les Pink Malibu vont capturer tous ceux qui voudraient se révolter ! Peut-être qu'elles nous enfermeront dans une cabine d'essayage pour qu'on se débatte dans des leggings roses jusqu'à la fin de nos jours !

– Mais alors, et la démocratie ? Ce serait fini ?

– C'est pour ça qu'il ne faut pas prendre tout ça à la rigolade, Adèle ! Je t'avais bien dit que c'était du sérieux !

Ça fiche carrément la trouille. Je m'imagine déjà habillée en rose des pieds à la tête, poursuivie par mon flamant rose domestique... L'angoisse !

Allez, il faut continuer d'y croire. Je peux encore gagner. Après tout, c'était pas une si mauvaise idée, ma piscine de soda... Et mon voyage scolaire sur Mars... Oh là là, je ne me sens pas très bien...

La maîtresse rassemble tous les petits bouts de papier. Elle demande à Jade, Mélissa et moi de venir sur l'estrade à côté d'elle. Mélissa reste en retrait, elle sait que personne ne l'a écoutée. Jade me lance des œillades énervées, comme si elle essayait de faire exploser ma tête par la pensée.

La maîtresse commence à déplier les papiers.

Une voix pour Jade...

Deux voix pour Jade...

Trois voix pour Jade...

Mon cœur bat de plus en plus vite.

Elle continue :

– Un cœur ? Qui a dessiné un cœur ? Je vous avais dit d'écrire le prénom ! Ce vote ne compte pas...

Geoffroy baisse la tête. Quelle andouille, celui-là ! J'ai une seule voix pour le moment et elle compte même pas !

Une autre voix pour Jade…

J'ai du mal à respirer. Et il fait drôlement chaud tout à coup. Est-ce que c'est moi, ou la pièce commence à tourner ? Et pourquoi j'ai les jambes qui tremblent ?

Oh là là, à chaque fois que la maîtresse prononce le prénom de Jade, j'ai l'impression que ça tourne de plus en plus vite autour de moi.

Ou alors c'est son parfum à la cerise, j'ai l'impression qu'il est partout, je n'arrive plus à respirer sans avoir l'impression qu'on m'enfonce deux énormes bonbons dans chaque narine. Je vois Mélissa, et j'aperçois Geoffroy, puis tout à coup c'est comme si quelqu'un

venait d'éteindre la lumière. Pouf, c'est le trou noir. Je flotte.

Je me retrouve là, à patauger dans un océan de vagues roses. Et j'ai beau me débattre, j'ai l'impression de couler dans cette espèce de confiture qui me recouvre tout entière. Au loin dans le ciel je distingue un vol de flamants roses qui portent des sacs de shopping.

Alors c'est ça, la fin du monde ? Ça y est ? Jade a été élue déléguée et tout s'est effondré. Un raz de marée de grenadine a recouvert la planète. Plus rien n'existe que le vide intersidéral qui s'étend entre ses deux oreilles, nous sommes tous englués dans la gelée qui lui sert de cerveau.

Je pousse un cri tandis que je m'enfonce dans cette vase scintillante.

Et c'est là que je sors de mes pensées. Les murs de la classe avec les cartes du monde. Et les néons au plafond. Rien n'a bougé.

Je n'ai jamais été aussi contente de me retrouver ici. À l'abri. Geoffroy est en train de me ventiler avec son cahier d'exercices :

– Adèle, mon amour, tu es sûre que ça va ?

Magnus s'empresse de m'expliquer :

– Adèle, tu avais l'air perdue dans tes pensées ! Impossible de te parler ! J'ai bien cru que ton cerveau avait **GRILLÉ** !

– J’ai eu une vision ! Jade avait gagné ! C’était le désastre ! Un blob rose avait recouvert la planète ! C’était le chaos ! On est fichus !

– Mais non, Adèle, si tu écoutais plutôt que de rêvasser, tu serais soulagée !

– Ah ?

– Mais oui, Jade n’a pas gagné !

– Hein ??!

– Mais oui, regarde sa tête ! On dirait qu’elle vient d’apprendre que sa bouteille de shampoing préféré est vide !

Je… J’ai gagné ? J’ai sauvé la classe ? Oh là là, c’est moi qui suis devenue la déléguée ? Mais comment je vais faire maintenant ? Où je vais trouver des crocodiles ? J’arrive même pas à en commander un pour chez moi… Et comment je remplis une piscine de soda ? Maman ne veut même pas que j’en boive plus d’un verre par jour ! Je suis obligée de cacher des bouteilles sous mon lit ! Et comment je paie un aller-retour sur Mars ? C’est le début des problèmes… Je ne vais jamais réussir à faire tout ce que j'ai promis aux autres ! Magnus avait raison, j'aurais dû me taire !

Je suis abattue :

– Magnus, ça craint... Tu avais raison, j'aurais dû réfléchir à des propositions plus réalistes !

– Ah çà, c'est sûr ! Il ne faut pas gagner une élection en racontant n'importe quoi !

– Mais je voulais seulement éviter que Jade ne fasse de nos vies un enfer ! Maintenant que j'ai gagné, je ne sais pas comment je vais faire...

Magnus a l'air **gêné** :

– Mais... euh... Il y a un malentendu... Adèle... Tu n'as pas gagné...

– Comment ça ?

– Bah non... La maîtresse dépliait tous les papiers sur lesquels les élèves ont inscrit le nom du candidat qu'ils ont choisi... Toi, tu semblais ailleurs... Tu n'as vraiment rien entendu ? Sur les premiers papiers, il n'y avait que le nom de Jade, parce que c'était les votes des autres membres du club des Pink Malibu et de quelques élèves apeurés... Mais... sur les suivants par contre...

– Attends... S'ils n'ont pas voté ni pour Jade, ni pour moi... Alors pour qui ?

– Mélissa ! C'est elle qui a gagné !

– Mélissa ? Mais personne ne l'a écoutée !

– Quand elle a parlé, c'est vrai qu'elle n'a pas captivé l'attention... mais ensuite la maîtresse a fait circuler sa liste d'idées dans la classe. Tu ne t'en es pas rendu compte vu que tu racontais tes histoires de voyage sur Mars et de catapulte géante... C'est pour ça que plus personne ne t'écoutait !

– J'en reviens pas. Mélissa a vraiment gagné ?

– Oui ! Même si elle n'a pas réussi à bien les expliquer à l'oral, Mélissa avait de super idées ! C'est ça qui a intéressé les autres élèves ! Des idées concrètes sur la vie de l'école et ce que vous pouviez améliorer tous ensemble !

J'attrape la liste de Mélissa sur le bureau. « Discuter en classe du harcèlement scolaire pour voir comment chacun peut aider », « Créer un jardin autonome au fond de la cour pour cultiver nos propres légumes et apprendre le fonctionnement d'un potager », « Mettre des ampoules à économie d'énergie dans la classe et surveiller la consommation d'eau aux lavabos pour protéger la planète », « Créer une bibliothèque collective où chacun donnerait un livre, pour le partager avec le reste de la classe ». C'est vrai qu'elles sont chouettes, les idées de Mélissa ! Bon, ok, on va pas s'amuser beaucoup, mais y a peut-être moyen de caser deux ou trois plantes carnivores dans son potager...

Je la regarde. Alors c'est ça qu'il fallait faire ? Moi qui croyais qu'il suffisait de dire n'importe quoi, juste ce que les autres voulaient entendre. Zut, les enfants sont pas aussi bêtes que les adultes ! Tout le monde trouve Mélissa cool et sympa maintenant, ils sont tous autour d'elle à lui poser des questions. C'est vrai que ça va bien à Mélissa, ce rôle de déléguée, elle est toujours attentive aux autres !

Je suis drôlement soulagée… Je crois que j'aurais eu envie d'assommer les autres assez vite, en fait, s'ils m'avaient tous collée comme ça !

Je réussis à l'approcher :

– Bah dis donc, Mélissa, grâce à toi tout le monde a attrapé la démocratie !

Mélissa me sourit :

– Merci, Adèle ! Je suis sûre qu'on trouvera plein d'autres bonnes idées pour la vie de la classe !

– Oh, en parlant de bonnes idées, j'en ai des tas, hein ! Des mortelles ! Si jamais tu as besoin de…

– Euh… Attends, je crois que la maîtresse m'appelle ! À plus tard !

Non mais ! Elle a filé tellement vite, on dirait moi quand Maman me demande de ranger ma chambre ! Patience, patience, peut-être que je pourrais devenir sa conseillère, son associée, son bras droit et… Non, non, je ne vais pas recommencer tout ça. De toute façon, je n'ai pas le temps de m'occuper de la classe ni de l'école. Je dois déjà régner sur toute la galaxie, alors je peux bien laisser l'école à Mélissa. Il faudra que je lui reparle de mon idée de rodéo tigre quand même, je suis sûre que ça peut marcher.

Magnus s'excuse :

– Je me suis peut-être un peu laissé emporter

par cette histoire d'élection, désolé d'avoir été rabat-joie...

– Oh non, ça va... Tu avais raison, c'est du sérieux, ces choses-là !

– C'est toi qui dis ça ? La reine des bêtises ?!

– Eh oui, il faut savoir quand désobéir ! C'est ça le secret pour faire les meilleures bêtises !

Même si les autres ne sont pas encore prêts pour mes idées les plus mortelles, ils le seront un jour, c'est sûr. Pour patienter, je peux toujours souffler quelques idées autour de moi, continuer de catapulter quelques casse-pieds et faire capoter les plans machiavéliques de Jade pour lobotomiser les Bizarres. Ouais, c'est pas parce qu'on est des enfants qu'on ne peut pas agir ! Il faut donner son avis. Il faut se faire entendre. Il faut désobéir parfois ! Parce que, même si j'ai pas été élue, y a un truc qui ne change pas, et c'est valable pour tous les enfants de l'univers : **les bêtises, c'est maintenant !**

VOTEZ
Mélissa!
_Vive les livres
_aide devoirs

Alors, **on attend quoi** pour rendre ce monde **MORTEL** ?

Vous m'aidez ?

Retrouve Adèle dans des livres trop *mortels* !

Roman T1

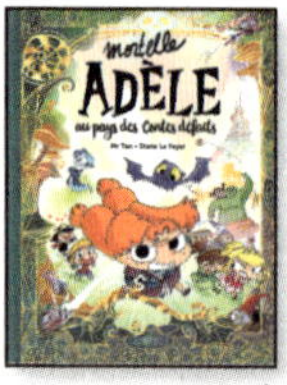

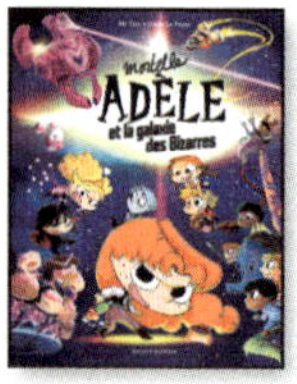

BD d'aventures

T1

T2

T3

T4

T5

T6

T7

T8

T9

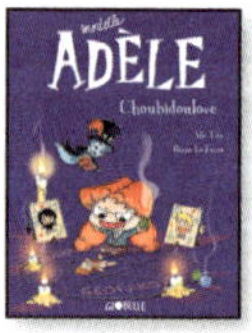

T10

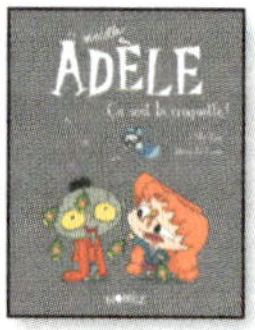
T11

T12

T13

T14

T15

T16

T17

Jeux